Kiepe voller Kapriolen

KAREN SELL

Kiepe voller Kapriolen

**Bibliografische Information der Deutschen
Nationalbibliothek:**
Die Deutsche Nationalbibliothek verzeichnet diese
Publikation in der Deutschen Nationalbibliografie;
detaillierte bibliografische Daten sind im Internet über
http://dnb.dnb.de abrufbar.

© 2020 Karen Sell
Satz, Umschlaggestaltung, Herstellung und Verlag:
BoD - Books on Demand, Norderstedt

ISBN: 978-3-7526-1304-9

Inhaltsverzeichnis

I. Die alte Frau mit der Mundharmonika

An der roten Ampel am Königsworther Platz denke ich einen kurzen Moment, sie könnten meine ersten richtigen Fans werden, die drei Jungs im Auto neben mir. Ich spiele Mundharmonika, wenn hannoversche Ampelphasen mich zur Tatenlosigkeit verdammen. Mein Spiel wird immer besser, das sagt mehr über Hannovers Verkehrspolitik aus als über mein musikalisches Talent.

Aus dem Augenwinkel sehe ich ins Auto neben mir. Der Beifahrer boxt dem Fahrer grad in die Rippen, wohl damit auch dessen Aufmerksamkeit mir zuteilwird. Der Hinterbänkler hat sich längst zum Fenster gelehnt, um besser schauen zu können. Erstaunen steht in den Gesichtern. Ich kann nicht gut spielen, wenn ich grinsen muss, und reiße mich zusammen. Meine Autoscheibe ist nur einen Spalt geöffnet. Die Jungs kurbeln ihre

Fenster komplett herunter und gestikulieren wild. Wie ich es liebe, diese verblüfften Spätpubertierenden zu beobachten. Ihre Fassungslosigkeit, ihre Überheblichkeit und gleichzeitig diese Spur von unterdrückter Bewunderung. Ich lasse meine Scheibe ein Stück weiter herunter und mache ein paar Bending-Übungen, die klingen, als folge sogleich ein Stück von bedeutsamer Virtuosität. Das folgt natürlich nicht. Die Jungs nebenan grölen trotzdem, strecken ihre Daumen in die Höhe und nicken wie im Takt. Souverän nehme ich die Mundharmonika von den Lippen und ziehe halbherzig einen Mundwinkel hoch.

»Was soll man machen, wenn die Ampel so lange rot ist?« Gelangweilt zucke ich mit den Schultern.

»Ja, ja, völlig normal, dann Mundharmonika zu spielen«, feixen sie prustend und kriegen sich nicht mehr ein. Eine Welle jugendlicher Arroganz schwappt in mein Auto. Mit der Überlegenheit einer alten Frau lehne ich mich zufrieden zurück. Es wird grün. Der Motor des Jungsautos heult nur auf, sie verpennen den Start. Belustigt schüttele ich den

Kopf, lege den ersten Gang rein und rolle los, in der rechten Spur. Es dauert noch einen Moment, bis die breit grinsenden Halbstarken mich überholen, mit hochtourigem Motorengewumme.

Nein, sie werden nicht meine Fans. Aber sie werden ihren Freunden von mir erzählen, von der Alten, der sie an der roten Ampel begegnet sind. Und die Freunde werden sich auch auf die Schenkel klopfen. Und sie alle werden sich nicht vorstellen können, dass ich unser kleines Intermezzo noch viel mehr genossen habe.

*

2. Das Nölpferd und ich

Ich kannte es nicht.

Mag sein, dass es vielen Menschen vor mir schon über den Weg getrampelt war. Ich hatte das Nölpferd noch nie im Leben gesehen. An diesem Samstag jedoch stampft es mir vors Auto. Grummelnd, schnaufend, mit hängenden Lidern, fettem Hintern, kurzen, dicken Beinen und wütend aufgeblähten Nüstern klebt es am Heck des Autos vor mir. Es kommt mir vor, als schaute ich in einen Spiegel. So wenig bezaubernd, wie der Anblick ist, kann ich dennoch nicht aufhören, Freudentränen zu vergießen.

Mein Ebenbild! Mein Blutsbruder! Mein nöliger Seelenverwandter! Was fühle ich mich verbunden mit diesem Geschöpf, das so augenscheinlich mit der ganzen Welt hadert.

Warum war mir dieses Nölpferd noch nie begegnet? Wo hatte es sich versteckt all die Jahre, in denen ich mit meinem Schicksal im Clinch gelegen hatte? Uns verbindet so viel mehr als Äußerlichkeiten. Wir planschen gleichermaßen im Trübwasser, fressen Pflanzen, lieben unseren Nachwuchs und reißen manchmal unser großes Maul auf. Auf ausgetretenen Pfaden stampfen wir durchs Leben. Immer auf der Hut vor Löwen und Krokodilen. Na gut, Löwen bei mir weniger. Krokodile auch eher selten. Aber trotzdem!

Nölpferde sind übrigens genau wie Nilpferde mit Walen verwandt. Wer wünscht sich nicht, einmal den Gesang von Walen zu hören. Hat schon jemals jemand ein Hippo singen hören? Hat schon jemals jemand voller Inbrunst den Wunsch geäußert, ich, Karen, möge mal ein Liedchen trällern? Hat schon mal jemand von der Eleganz eines Nölpferdes gesprochen? Oder von meiner?

Ich erzähle meiner Schwester von meiner Begegnung mit dem Nölpferd. Sie lacht Tränen. Die Blöde. Sie nimmt mich sowieso nie ernst. Faselt immer was von Selbstwahrnehmung und Fremdwahrnehmung. Sie hat ja auch gut lachen mit ihren langen, schlanken Beinen und den nicht vorhandenen Schlupflidern.

Nöl!

*

3. Von Freundlichkeit und Schönheit

Manno, jetzt werde ich schon gezwungen, Geschichten gegen meinen Willen aufzuschreiben. Ich muss mal kurz überlegen, wie ich diese formuliere, um dabei nicht allzu schlecht wegzukommen. Ich könnte das Ende vorwegnehmen. Es war auch das Ende, das Ende eines langen Arbeitstages, und der Kunde, um den es geht, war der letzte. Also wirklich, der letzte! Auch könnte ich verraten, dass die Geschichte insofern ein Happy End hat, als dass meine Kollegin Sümi und ich zum Schluss kaum mehr aufhören können zu lachen.

Aber nun doch von Anfang an. Jener bereits erwähnte Kunde hatte irgendwie Redebedarf und schien die Gesellschaft meiner Kollegin zu genießen, eine Minute vor sechs genauso wie sieben Minuten nach sechs. Längst waren alle Fachfragen geklärt, da zückte er noch eben mal sein Handy – offensichtlich in Unkenntnis der korrekten Bedienung. Meine

Kollegin nahm das Telefon zur Hand, schielte dabei unauffällig zur Uhr, lächelte ein bezauberndes Lächeln, nahm ein paar Einstellungen vor und gab es dem Kunden mit formvollendeter Charmeoffensive zurück. Er konnte vor Begeisterung kaum mehr an sich halten, ob er noch etwas sagen dürfe, fragte er. Hätten wir die Chance gehabt, hätten wir angesichts der Uhrzeit und der Arbeit, die im hinteren Bereich in Form von etlichen Paketbergen noch auf uns wartete, beide lauthals NEIN geschrien. Aber der Glückbeseelte wartete keine Antwort ab, sondern flötete meiner Kollegin mitten ins Gesicht.

»Sie sind sehr freundlich. Und sehr hübsch.« Während sie sich artig für das Kompliment bedankte, wanderte sein Blick zu mir.

Ich wartete.

»Sie, Sie sind auch sehr freundlich«, stotterte er eifrig. Aber dann entstand eine Pause, die trotz ihrer Winzigkeit zu groß war. Ja, der geneigte Leser weiß um meine dicken Nölpferdbeine, meine Schlupflider und mein widerspenstiges Haar. Und wer Sümi kennt, muss neidlos anerkennen, dass ihre Gesichtszüge wie modelliert anmuten.

Freundlich! Noch nie im Leben klang ein Kompliment für mich wie eine Beleidigung. Ja, ich bin freundlich. Und? Und was noch? Ich wartete und starrte den Kunden an. Er kam schließlich noch drauf.

»Und Sie sind ... sind auch sehr hübsch«, beeilte er sich zu versichern und verließ fluchtartig unsere heiligen Hallen.

Wie gesagt, wir können uns zwar den Rest des Abends vor Lachen kaum halten. Trotzdem. Ein klitzekleiner Stachel bleibt, auch deswegen, weil Sümi darauf besteht, dass ich die Geschichte aufschreibe.

*

4. Frau Gärtner

Ach, ich habe es ja leider nicht so mit Namen und Gesichtern. In mir breitet sich stets Unbehagen aus, wenn Kunden auf mich zukommen und eine Begrüßung flöten, die mich vermuten lässt, wir seien uns schon mal begegnet. Aber manche Kunden kenne ich inzwischen ganz gut. So wie Frau Gärtner.

Frau Gärtner ist nett. Und empathisch. Sie hat schon mal mitleidsvolle Worte gefunden, als ich mich mit allzu kaputtem Rücken zur Arbeit gequält hatte und mich kaum rühren konnte. Ihr Mitgefühl hat meine Bandscheiben gleich ein wenig aufgebaut. So etwas vergesse ich nicht. Frau Gärtner ist vielleicht zehn, fünfzehn Jahre älter als ich, eins siebzig groß, hat ein schmales Gesicht und eine goldrandige Brille. Sie trägt einen kieselgrauen Kurzhaarschnitt, sehr gepflegt und dennoch ein wenig strubbelig.

Als sie heute vor mir steht, fällt mir sofort ihr symmetrisch geordnetes Haupthaar auf.

»Oh«, sage ich fröhlich freundlich, »kommen Sie gerade vom Friseur?« Frau Gärtner strahlt, wie ich sie noch nie hab strahlen sehen, und verlegen streift ihre rechte Hand die Peripherie ihrer Haarpracht.

»Nein«, sagt sie, »das mache ich immer selbst.«

»Wirklich?«, staune ich. »Das hätte ich nicht gedacht.« Genauso ehrfürchtig wie irritiert betrachte ich die tolle Elvistolle über der Stirn, man ahnt noch den Lockenwickler, der sie in Form gebracht hat. Der Rest des Haares wogt in Nordseewellen. Nur die Farbe ist wie gewohnt, kieselgrau.

»Ich rolle sie immer mit der Rundbürste auf, das geht ganz fix«, sagt Frau Gärtner stolz. Gerade als ich sie mir toupierenderweise im Morgensonnenlicht vor ihrem Badezimmerspiegel vorstellen will, drängelt sich der nächste Kunde ins Feld. Frau Gärtner verabschiedet sich überaus fröhlich, und ich erfreue mich an der Erkenntnis, dass Komplimente die Welt verändern können.

Eine halbe Stunde später geht die Tür auf und als Erstes fällt mein Blick auf einen kieselgrauen Kurzhaarschnitt, sehr gepflegt und dennoch ein wenig strubbelig. Frau Gärtner.

Ich erwähnte ja schon, dass ich es leider nicht so mit Namen und Gesichtern habe.

Ob Frau Gärtner wohl diese fremde Frau kennt, die so fix mit der Rundbürste ist?

*

5. Ich brauche keinen Erdbohrer

Hallo, Google, ich bin's. Ich habe eine wichtige Information für dich: Ich brauche keinen Erdbohrer. Google, du hast ein Problem. Dein Geschäftsmodell hakt.

Ich verstehe dich. Du hast Kunden, die dich gut bezahlen und deren Produkte du an die Frau und den Mann bringen willst. Ich verstehe dich gut. Aber du, Google, verstehst mich nicht. Okay, es mag da noch den ein oder anderen geben, der mich auch nicht versteht, aber das tut hier nichts zur Sache. Du kennst mich und viele andere gar nicht so gut, wie du meinst. Du weißt rein gar nichts von unseren Wünschen und Sehnsüchten. Du bist nicht achtsam genug, interpretierst vollkommen falsch.

Ich will versuchen, es dir an dem Erdbohrer-Beispiel zu erklären: Ich brauche keinen! Siehst du, schon legst du staunend die Stirn in Falten. Grad noch hast du mir den ZI-ELB70 inklusive dreier Bohrer in 100/150 und 200 Millimetern empfohlen, luftgekühlter 1-Zylinder-2-Takt-Motor, mit beeindruckenden 2,2 PS. Es lässt mich kalt, das gute Stück. Mit 27 Prozent Rabatt für acht verschiedene Erdbohrer kommst du daher und ich beiße noch immer nicht an. Auch den VOSS.farming mit seinen sieben Zentimetern Durchmesser will ich nicht, obwohl er sich hervorragend zum Bohren von Weidepfahllöchern eignen soll.

Ich kann deine erbosten Gedanken lesen. »Warum hat mich die dumme Kuh mit der Suche nach Erdbohrern belästigt, wenn sie gar keinen haben will?« Der Grund ist simpel. Manchmal erlebe ich komische Sachen und manchmal schreibe ich sie auf. So wie neulich, als es auf der Landstraße nur im Schneckentempo voranging. Bauarbeiten rechts und links am Straßenrand. Ein Erdbohrer steckte im Gras, hatte sich anscheinend kurz zuvor durchs trockene, dunkle Erdreich gezwirbelt. Ein muskelbepackter Arbeiter hievte einen Leitpfosten in das schlanke, tiefe Loch. Ich kniff noch die Augen zusammen, als der Mann zum Vorschlaghammer griff und ausholte. Ich wollte schreien, warnen –

aber es war zu spät. Der Hammer sauste auf den Leitpfostenkopf, der sofort in tausend Teile zersplitterte und Plastiknanopartikel ins Universum schleuderte. Der Muckimensch guckte ganz bedröppelt und obwohl ich mich schämte, musste ich grinsen. Schließlich lachten wir uns beide durch mein geöffnetes Autofenster lauthals zu.

Eine kleine, feine Geschichte, die es mir wert war, sie aufzuschreiben. Also legte ich los, musste ja nicht viel recherchieren, wollte lediglich sichergehen, dass Erdbohrer auch tatsächlich Erdbohrer genannt werden.

Hätte ich doch nur gleich im Duden nachgeschlagen. Nun muss ich damit leben, dass du, Google, vermutlich vermutest, ich wolle ein Loch bis Australien bohren.

*

6. Im Zauber des Augenblicks

Wo sonst begegnet man Menschen, die irgendwie nicht von dieser Welt zu sein scheinen, wenn nicht am Postschalter? Dem ein oder anderen mag der Vorgang der Paketausgabe profan erscheinen. In Wahrheit offenbart er Begegnungen mit Menschen, die anderen ein Leben lang vorenthalten bleiben. Die anmutige junge Frau, die gestern in die Filiale schwebte, sich klaglos in die Schlange einreihte, strahlte eine beneidenswerte Besonnenheit aus. Ihre transzendente Erscheinung rührte mich. Sie legte mir ihre gelbe Abholkarte auf den Schalter und lächelte so unbefangen, wie eigentlich nur lächeln kann, wer nicht gerade minutenlang zwischen schwitzenden, schimpfenden, schlurfenden Mitmenschen und krakeelenden Kleinkindern im Schneckentempo über das Linoleum gekrochen war. Ich lächelte zurück. Mit deutlich geringerer transzendenter Aura vermutlich. Dennoch höflich!

»Ich brauche Ihren Ausweis«, bat ich.

Sie stellte ihre Handtasche auf die Ablage, holte ein Portemonnaie heraus und legte es auf den Schalter. Dann nahm sie noch eine Wasserflasche aus der Tasche und stellte sie genau daneben.

Ich wartete geduldig. Besonnenheit ist ansteckend, merkte ich, wiederholte dennoch meine Bitte. Sie lächelte milde. Statt ihr Portemonnaie zu öffnen, drehte sie umsichtig den Verschluss ihrer Flasche auf und trank einen Schluck.

Ich wunderte mich über mich selbst, war aber keineswegs ungehalten, als ich meine Bitte, einen Blick auf ihren Ausweis werfen zu dürfen, ein drittes Mal vortrug.

»Ja«, hauchte sie, »ich wollte nur erst einen Schluck trinken.« Dann nahm sie ganz bedächtig einen zweiten Schluck und einen dritten, bevor sie ihren Ausweis zückte und ich ihr Paket holen konnte. Dankend nahm sie es entgegen, unterschrieb die Quittung, packte ihre Siebensachen wieder zusammen und verließ die Filiale so, wie sie gekommen war, schwebend, ein paar Zentimeter über dem Boden. Für einen kleinen Moment noch war die Filiale erfüllt von gleißendem Licht, Frieden und Liebe für die Welt.

Dann kreischte wieder ein Kind. Jemand schrie, ob es nicht endlich mal weiterginge, ein anderer mokierte sich lautstark, dass der Kontoauszugsdrucker natürlich wieder defekt sei, und ein weiterer wurde von der Meute der Ungeduldigen, Gejagten und Gehetzten barsch gemaßregelt, für seinen Versuch, sich vorzudrängeln.

Der Zauber war verflogen.

*

7. Nackte Tatsachen

Eine fremde Sprache zu lernen ist keine einfache Sache, das weiß ich. Wenn ich einen türkischen Kunden mit »günaydin« begrüße, dann hoffe ich, dass er höchstens Gleiches sagt und dann ins Deutsche wechselt. Wenn ich freundlich »qué tal« oder »come stai« gefragt werde, geht es mir immer »muy bien« und »bene«, zu mehr reicht es nicht. Meine syrischen Nachbarkinder lachen mich aus, weil ich nicht einmal »marhabaan« richtig aussprechen kann, »du musst das r mehr rollen«. Ich übe. So wie ich es beim englischen »th« gemacht habe, das kann ich.

Nichtmuttersprachler finden Deutsch schwierig. Deswegen finde ich es bewundernswert, wie die vielen Menschen, die aus anderen Ländern kommen, tapfer unsere Sprache lernen. Aber sie müssen sich auch Mühe geben, finde ich. Bei der Aussprache. Dann passieren solche Dinge auch nicht wie neulich.

Da kam dieser gebürtige Ghanaer zu mir an den Schalter. Er wollte im Reisebüro mit seiner Bankkarte zahlen und es hatte nicht funktioniert. Das verstand ich. Er war ziemlich aufgebracht. Er hatte lange gespart, damit seine Kinder in Afrika Urlaub machen konnten. Das verstand ich auch. Nun wollte er das Geld bar abheben, ein Vorgang, der ein klein wenig Zeit in Anspruch nahm. Das verstand er nicht, hatte aber nichts mit der Sprache zu tun, sondern mit seinem mangelnden Verständnis für meinen überaus bedächtigen Computer. Er schimpfte derweil zornig vor sich hin. Auf Deutsch. Ich verstand jedes Wort. Er wollte endlich sein Geld. Ja doch! Er hatte dafür gearbeitet. Das wusste ich, deshalb beeilte ich mich auch. Ich finde es großartig, wenn Ausländer hier richtig Fuß fassen, arbeiten, Steuern zahlen und für ihren Urlaub sparen. Er war müde. Das glaubte ich gern. Ich bin auch immer müde nach Schichtende. Kurz bevor ich ihm die gewünschten Scheine auszahlen konnte, donnerte er mir noch ein winziges Detail seiner Arbeit entgegen.

»Ich arbeite nackt!«

Ich stutzte. Meine Kollegin behauptet, ich sei in dem Moment einen Schritt zurückgewichen. Mag sein, denn ich hatte umgehend Bilder im Kopf, auf die ich hier nicht näher eingehen möchte.

»Ich arbeite nackt!«, wiederholte er noch einmal, diesmal etwas lauter und ich spürte, wie sich meine Augenbrauen hoben und mein Nacken verkrampfte. Vielleicht stand gar mein Mund vor Staunen offen. Ich wollte hier keinerlei Bewertung von Tätigkeiten vornehmen, mit denen Menschen ihre Familien ernähren, ich dachte einfach nur ... ich wollte ... ich stellte mir vor ... und überhaupt.

Meine gedankenlesende Kollegin Andrea sah breit grinsend zu mir herüber.

»Nachts«, raunte sie. »Er arbeitet nachts, Karen.« Dann soll er an seiner Aussprache arbeiten, verflixte Kiste!

*

8. Die Gender-Oma

... und dann war da noch diese 80-jährige Dame, die mit ihrem Sohn kam, um Geld vom Konto abzuheben. Ab einer gewissen Summe ist sozusagen eine kollegiale Prüfung erforderlich. Der Sohn, vielleicht 55 Jahre alt, nickte gelangweilt.

»Kenn ich. Ab bestimmten Beträgen brauchen wir auch immer einen zweiten Mann«, sagt er mit einem Hauch Arroganz in der Stimme.

»Oder eine zweite Frau«, kontere ich süffisant lächelnd und bedanke mich bei meiner Kollegin. Völlig überraschend pflichtet mir die alte Dame bei.

»Genau!«, poltert sie los. Ich staune und meine Mundwinkel zucken vergnügt. »Man kann auch einfach zweite Person sagen«, fährt sie mit fester Stimme fort. Ich bin begeistert. Der Sohn hingegen rollt genervt mit den Augen, brummelt sich irgendwas in den Bart von wegen »alles überbewertet« oder »unwichtig«. Aber flugs fährt ihm die Mutter über den Mund.

»Benimm dich mal!«

Was lehrt uns das? Offensichtlich geben Mütter nie die Hoffnung auf, ihren Kindern gutes Benehmen beizubringen, und – was ich noch großartiger finde – das Bewusstsein für gendergerechte Sprache kennt keine Altersgrenzen.

*

9. Muskelmann mit Papastolz

Da ist dieser große, bärtige Mann im schwarzen Shirt, ärmellos, seine mächtigen Muskeln sind furchteinflößend. Er blickt grimmig drein. Ungeduldig hetzt er zwischen den Stuhlreihen umher, guckt mal hierhin, mal dahin. Irgendwie bekomme ich ein mulmiges Gefühl.

Dann kommen die Kids auf die Bühne, die Ferienkinder, die eine Woche lang Musikinstrumente aus Holzstämmen, Glasflaschen und Kochtöpfen gemacht haben und nun konzertieren wollen. Der Mann zückt sein Handy und eilt vor die Bühne, filmt vom rechten Bühnenrand aus, dann von links, von der Mitte auch. Die Kids spielen laute Weisen. Sie sind die Vorgruppe der Blechbläser, die gleich die Bühne zum Kochen bringen werden. Die kleinen Musikanten kriegen tosenden Applaus und verlassen die Bretter, die für sie heute die Welt bedeutet haben. Der Mann, der große, bärtige, verzieht sich auf einen Stuhl zwei Reihen hinter mir. Verstohlen blicke ich mich um. Da sitzt er in seinem schwarzen, ärmellosen Shirt und seine mächtigen Muskeln können noch immer Furcht einflößen. Aber er ist der Welt entrückt. Gebannt schaut er auf sein Handy, scheint ganz angerührt zu sein von den kleinen Krachmachern, die über seinen Bildschirm huschen. Und dann entspannt sich das einst grimmige Gesicht. Nun ist nur noch Stolz darin zu sehen. Papastolz, denke ich. Einer der kleinen Krachmacher war wohl sein Sohn oder eine Topfschlägerin seine Tochter. Ja, so ist die Sache mit dem weichen Herzen. Wunderbar eben.

*

10. Lichthupe und Bremslicht

Kennt doch jeder, diese Verkehrsrowdys, die einem ab und an das Leben schwer machen. Mir ist heute mal wieder so einer in die Quere gekommen. Das wildeste Überholmanöver überhaupt. Es endet knapp vor meiner vorderen Stoßstange. Nur dank meines schnellen Reaktionsvermögens brezel ich ihm nicht in sein Hinterteil. Erbost quittiere ich seine pubertäre Eskapade mit dem Betätigen der Lichthupe. Jawoll!

Okay, statt der Lichthupe wird es versehentlich die Dauerbeleuchtung mit Fernlicht. Sicherlich grinst der Schnösel vor mir süffisant. Ich ahne das, weil er seinen linken Arm lässig aus dem Fenster baumeln lässt und ich das hochmütige Blitzen seiner Augen in seinem linken Außenspiegel sehe.

Ich sehe allerdings auch, dass sein linkes Bremslicht nicht funktioniert. Ich bin gezwungen, mir das eine Weile anzuschauen, und dann wird die Ampel vor uns rot. Er will geradeaus weiter, ich links abbiegen. Ganz langsam und ganz vergnüglich rolle ich voran. Als mein geschlossenes Beifahrerfenster auf gleicher Höhe mit seinem offenen Fahrerfenster ist, lasse ich die Scheibe herunter. Plötzlich ist er sehr damit beschäftigt, nach rechts zu schauen. Seine Musik ist laut. Aber dann dreht er sich doch zu mir, vermutlich weil meine brennenden, alles durchdringenden Blicke ihm die Haut versengen. Er schaut abfällig, ignorierend und überheblich. Was ich sage, kann er nicht hören. Neugierig ist er aber doch und dreht seine Musik leiser.

»Was?«, fährt er mich an.

»Das Bremslicht ist kaputt«, sage ich mit unerhörter Coolness in meiner Stimme und meine Mundwinkel zucken fröhlich.

»Mein Bremslicht?«, fragt er etwas dämlich nach.

»Das linke«, gehe ich ins Detail und lächele, wie alte Frauen lächeln, wenn sie wissen, dass sie gewinnen.

»Oh danke«, sagt er unkontrolliert beschämt und unwillig verlegen.

Dann wird es grün. Wir fahren beide grinsend weiter. Aber mein Grinsen ist breiter und deutlich süffisanter.

*

II. Es weihnachtet

In der Weihnachtszeit am Postschalter zu arbeiten, ist nicht ausschließlich ein Vergnügen, die nicht enden wollende Kundenschlange erinnert permanent an König Sisyphus' Strapazen. Es wird auch nicht vergnüglicher, wenn Männer und Frauen, Alte und Junge, Deutsche und Ausländer in gnadenvoller Eintracht darin übereinstimmen, ihre Pakete immer größer und schwerer werden zu lassen. Selbst das kostenlose Fitnesstraining beim Annehmen und Ausgeben jener Pakete, das Hieven und Zerren, das Heben und Schieben, das Stapeln und Ziehen fördern nicht den Frohmut. Auch das Einsparen des Personals zur Gewinnmaximierung des Unternehmens, verbunden mit Begeisterungsstürmen bei den Aktionären, lässt derlei Stürme an der Basis ausbleiben. Das Mitleid mit schlecht bezahlten und überlasteten Zustellern, das Mitleid mit Kunden, deren heiß ersehnte Pakete unauffindbar sind, das Mitleid mit den Qualitätsmanagern, die wunde Ohren vom Wehklagen unzufriedener Kunden haben, sind auch nicht erbauend. Selbst wer Lieblingskunden bedient, in Lieblingsschichten mit Lieblingskollegen arbeitet, selbst wem die Hoffnung bleibt, dass die Thrombosestrümpfe ihren Zweck erfüllen, dass das Glas Wasser nach Feierabend erquickende Wunder vollbringt, der leidet doch unter der eigenen Hilflosigkeit beim Anblick in von Erschöpfungsqualen gezeichnete Kollegengesichter.

Aber es gibt Lichtblicke in der Hektik, in der Eile: ein lächelnder Kunde, ein höfliches Wort, ein geduldiges Nicken, ein freundliches Danke.

Und es gibt meine Kollegin Andrea, sie sendet keinen Lichtblick, sie flutet die Filiale mit gleißendem Licht, wenn sie lapidar hinhaut: »Ist wie 'ne Geburt. Immer dasselbe. So ein Stress, solche Schmerzen. Und wenn's vorbei ist, ist es vorbei. Vergessen. Bis zum nächsten Mal.«

Und dann ist es mit einem Mal doch vergnüglich, in der Weihnachtszeit am Postschalter zu arbeiten. Alle Jahre wieder.

*

12. Hasen, Tauben und Schlüpfertypen

Mein Name ist Hase.

NEIN! Mein Name ist nicht Hase. Und dennoch ist es schon wieder passiert. Jemand hat mich so genannt. Ausgerechnet Hase! Sehe ich aus, als wüsste ich von nichts? Die Wortherkunft von »Hase« lässt sich auf »Graues« zurückführen. Was soll mir das sagen? Womit genau wecke ich Assoziationen zu einem grauen Schlitzohr?

Mein Name ist Karen. Diesen Namen haben sich meine Eltern liebevoll für mich ausgesucht und deshalb möchte ich auch so genannt werden.

Es bedarf keiner Alternative und somit auch keinerlei zoologischer Kreativität. Die wenigen Ausnahmen, die ich dulde, liegen alle im sehr privaten Bereich. Wenn mich mein Enkel zum Beispiel Omikari nennt, dann klingt das zwar auch tierisch nach Okapi, ich schmelze trotzdem dahin.

Ruft mir aber ein erwachsener Mann in

einer Alltagssituation »Hase« zu, dann weiß ich, dass das nicht aus zärtlicher Zuneigung geschieht, zumal ich fast nie der einzige Hase bin, der an Ort und Stelle durch die Gegend hoppelt. Die nächste Freundin, die den Raum betritt, die nächste Kollegin, die am Arbeitsplatz erscheint, wird auch als langohriges, rammellustiges Säugetier tituliert.

Reine Bequemlichkeit ist im Spiel. Ein Mann, der ein Hasenharem sein Eigen nennt, muss sich nicht eine Vielzahl verschiedener, mitunter komplizierter Namen merken. Zur Hilfestellung habe ich einem jener Hasenrufer mal meinen Namen nach DIN 5009 buchstabiert: Kaufmann, Anton, Richard, Emil, Nordpol. Der Besagte sah mich mit verblüfft aufgerissenen Augen an und fragt sich vermutlich immer noch, was irgendein Kaufmann Anton am Nordpol so treibt.

Meine Wünsche, bei meinem Namen gerufen zu werden, bleiben bei Teilen der männlichen Bevölkerung wohl auch deshalb so hoffnungslos unerhört, weil es Frauen gibt, die sich geschmeichelt fühlen, wenn sie Hase oder Rehlein genannt werden. Es gibt Frauen, die glauben wirklich, sie stellten etwas Besonderes dar, wenn sie ein Irgendjemand – nicht der eigene tolle Täuberich beim gemeinsamen Turteln – Täubchen nennt!

Was ist los mit euch, Frauen? Tauben scheißen Balkone und Marktplätze voll, Hasen fressen ihren eigenen Kot und werfen mehrmals im Jahr massig Junge. Ein Reh wird aufgrund seiner Körperform und Bewegungsart als Schlüpfertyp klassifiziert (ja, googelt das ruhig mal!). Wollt ihr das wirklich, ihr Frauen der Welt?

*

13. Mineralwasser für die Kühe

Die Kühe stehen immer hier, schwarz-weiße Flecken auf saftig grüner Wiese. Friedlich wiederkäuend grasen die Hornträger und würdigen die vorbeieilenden Radfahrer und schlendernden Spaziergänger kaum eines Blickes. Kinder klatschen begeistert in die Hände, wenn sie dem Milchvieh nahe kommen, und Ältere amüsieren sich höchstens, wenn die Kuh ihre lange Zunge ins Nasenloch schiebt. Ansonsten ist eine Begegnung mit Kühen selten mit Spektakulärem verbunden.

Es sei denn, ein Stadtmensch ist im Anmarsch.

Ja, ich weiß. Wer etwas nicht weiß, der weiß vielleicht etwas anderes. Das ist mir klar. Und dennoch kann ich manchmal dem Hang zur Überheblichkeit nicht widerstehen, wenn ich etwas weiß, weil ich es vielleicht mit der Milch eigener Kühe aufgesaugt habe. Warum aber muss es auch Stadtmenschen geben, die einfach mal jedes Klischee erfüllen?

Da war diese Frau, die aufgeregt am Rand der Kuhwiese stand und wild winkte, als mein Bruder mit dem Trecker vorbeifahren wollte. Er hielt an und fragte, was los sei.

»Die Kühe«, rief sie atemlos gegen den Treckerlärm an, »die Kühe!«

»Was ist denn?«, fragte mein Bruder und sah zu dem Rindvieh auf der Weide, konnte aber nichts Ungewöhnliches erkennen. »Was ist denn los?«, wiederholte er seine Frage.

»Die haben gar nichts zu trinken.« Die Frau gestikulierte hektisch, ihre Aufregung stieg zusehends, ihr Gesicht wurde rot.

Mein Bruder zog seine Stirn in Falten. »Doch«, sagte er lapidar, »da ist eine Pumpe in der Wiese.« Vielleicht war die Tränke von hohem Gras verdeckt, oder die Frau konnte sich gar nicht vorstellen, dass sich eine vermeintlich dumme Kuh selbsttätig an einer mechanischen Tränke bedienen konnte. Ich will mal glauben, dass es reine Tierliebe und pure Verzweiflung war, die die Frau zur Tat schreiten ließ. Außerdem fordern wir doch alle, dass mehr hingesehen wird, auf Missstände aufmerksam gemacht, dass gehandelt, statt nur geredet wird.

Wenn das Handeln dann mal kuriose Blüten treibt, sollten wir das mit nachsichtigem Schmunzeln quittieren. Ich kann es nicht. Ich muss lachen, lauthals und ausdauernd.

Die Frau hat nämlich – wie sie meinem verblüfften Bruder in aller Ernsthaftigkeit versicherte – den Kühen ihre Flasche Mineralwasser gegeben. Ihre Flasche Mineralwasser!

Es war ganz sicher gut gemeint und bestimmt weiß die Frau Sachen, von denen ich noch nie im Leben gehört habe. Aber eine Flasche Mineralwasser!

Kühe brauchen um die fünfzig Liter Wasser am Tag.

Eine Flasche Mineralwasser! Wie muss ich mir das vorstellen? Alle zwanzig Kühe standen in Reih und Euter am Zaun und die Frau hat jeder einzelnen einen Tropfen Wasser auf die raue Zunge geträufelt?

Ich sollte aufhören zu lachen. Aber ich kann es einfach nicht.

Eine Flasche Mineralwasser!

*

14. Natur und Technik

Schon als Kind habe ich gelernt, dass es sich nicht gehört, mit nacktem Finger auf angezogene Leute zu zeigen. Das will ich auch gar nicht. Ich will nicht einmal Leute sehen. Meine Ruhe will ich, Erholung, meinen Geist schweifen lassen. Im Watt.

Watt ist, wenn nicht der Mund, sondern die Füße schmatzende Geräusche machen, wenn schwarzer Schlick zwischen den Zehen hochkriecht, der Blick bis zum Horizont wandern kann und der Himmel vergissmeinnichtblau ist. Watt ist dort, wo die Seele atmen kann.

Leider gehört mir das Watt nicht allein. Es gehört auch dieser koketten Brünetten, die sich mit regelmäßigen Schulterblicken davon überzeugt, dass ihr Gestelze zum Wasser auch die nötige Aufmerksamkeit findet. Die rüstigen Rentner, die schnellen Schrittes durch den Schlick schlittern, nennen es ihr Eigen. Und auch die krakeelenden Kinder, die zwei Krebse entdeckt haben, beanspruchen es für sich.

Ich ziehe weiter. Das Möwengeschrei übertönt inzwischen das Menschengeschrei. Der

Boden unter meinen Füßen ist geriffelt, und vorsichtshalber schaue ich nach unten, achte darauf, wohin ich trete. Nordwestwärts geht die Reise. Ich laufe und laufe.

Gerade als mein Geist sich bereit macht, in die Ferne zu schweifen, bringt mich eine innere Stimme zum Halt. Mitten in der Weite des Weltnaturerbes Wattenmeer halte ich inne und schaue auf.

Da steht er vor mir. Gar nicht weit weg. In all seiner Pracht und Männlichkeit, aufgetaucht aus dem Nichts. Bei Ebbe.

Ich starre – vor Verblüffung. Unvermittelt bin ich am FKK-Strand gelandet. Zwar habe ich mich selbst schon im Evakostüm in die Fluten gestürzt, weiß aber auch, dass pure Nacktheit, wo man sie nicht erwartet, durchaus irritieren kann. Aber das ist es nicht. Der Mann vor mir ist nämlich gar nicht komplett ohne, und genau diese Tatsache lässt mich mit großen Augen staunen. Er spaziert splitterfasernackt vom Scheitel bis zur Sohle, aber in der Hand, wie angewachsen, hält er ein Handy. Eine Woge des Mitleids macht sich in mir breit. Der Arme. Gewiss befürchtet er dauernd, etwas zu verpassen. Bestimmt postet er gerade seine von Algen umschlungenen Zehen, aktualisiert seinen WhatsApp-Status oder hofft vergeblich auf einen wichtigen Anruf von seinem Chef.

Ich kann einfach nicht weggucken. Bei all dem, was an dem Mann baumelt und schlenkert, mein Blick klebt an seiner rechten Hand, dieser Kralle, die das Handy so fest umklammert. Welch eine faszinierende Kombination von Natur und Technik.

Ich weiß, Mama, man zeigt nicht mit nacktem Finger auf angezogene Leute. Aber darf man eigentlich mit nacktem Finger auf nackte Leute zeigen?

*

15. Provisorium hält ewig

Hätte ich keine Spülmaschine, hätte ich es wohl längst von der Tellerwäscherin zur Millionärin geschafft. Ich spüle nämlich ganz gern. Aber es ist verflixt. Weil ich keine Millionärin bin, muss ich selbst arbeiten, kochen, putzen, Wäsche waschen und mich höchstpersönlich um meine Familie, meine Balkonblumen, mein Auto, mein halbes Motorrad und meine Steuererklärung kümmern. Das kostet Zeit. Und diese Zeit fehlt mir zum Tellerwaschen. Also habe ich eine Spülmaschine. Früher hatte meine Spülmaschine einen Namen, sie hieß Minna. Aber es gab gewisse Familienmitglieder, denen es missfiel, dass ich einem simplen Haushaltsgerät einen Namen gab. Simpel. Mitnichten! Ich vermute, Minna stand kurz davor, Millionärin zu werden, schließlich wusch sie den ganzen Tag Teller. Aber sie gab auf, bevor es dazu kommen konnte, und ihre Nachfolgerin blieb namenlos.

Vielleicht ist die genau deswegen in jüngster Zeit beleidigt und reagiert so verschlossen. Das kann allerdings auch damit zusammenhängen, dass der Türgriff abgebrochen ist. Nun spült die Maschine zwar weiterhin brav Töpfe und wäscht Teller, nur kann ich die sauberen Utensilien anschließend nicht problemlos entnehmen. Ich habe verschiedene Techniken erprobt, um die Tür zu öffnen. Diverse Kratzer an der Front der Maschine zeugen von meinen mehr oder weniger erfolglosen Versuchen.

Es dauerte eine ganze Weile, aber dann kamen mir Johan Petter Johansson und meine Schwester zu Hilfe. Johan Petter hat 1896 eine Rohrzange erfunden. Und meine Schwester besitzt so ein Werkzeug nicht nur, sie hat es mir auch geliehen. Ich betrachte das als dauerhafte Leihgabe und hoffe, sie sieht das ebenso. Eine Rohrzange ist ein großartiges Utensil, selbst bei weit geöffnetem Maul stehen sich die Backen noch genau gegenüber. Und ich brauche gerade mal fünf Zentimeter Maulsperre. Einmal angeklemmt, zack, ist die Tür offen.

Ein Provisorium zwar, aber ein äußerst taugliches. Und was sagt man so über Provisorien? Sie halten ewig. Und was sagt das über mich? Ich kann weiterhin Teller spülen lassen und muss wohl noch eine Weile warten, bis ich endlich Millionärin werde. Aber, und das muss an dieser Stelle auch noch gesagt werden, mit einer Rohrzange auf dem Küchentisch kann man mitunter ganz schön Eindruck schinden. Man muss ja nicht jedem auf die Nase binden, dass sie nur dazu dient, die Spülmaschinentür zu öffnen.

*

16. The higher the better

Was macht man, wenn die Reisebeglei-tung eine Unterkunft im 54. Stock gebucht hat, man selbst dauernd damit angibt, dass man es »the higher the better« mag und man dann plötzlich doch Muffensausen bekommt? Toronto – neben Hannover die schönste Stadt der Welt. Hat aber mehr und höhere Gebäude als unsere Landeshauptstadt. Ich habe gar keine Wahl, die Chance, selbst einen Schlafplatz zu bu-chen, leichtfertig aus der Hand gegeben. Wie also gewöhne ich mich am besten an die Vor-stellung, mich in so luftiger Höhe frei zu be-wegen und nicht wahlweise vor Freude oder Respekt zu erstarren? Konfrontationstherapie soll helfen. Okay, gar nicht lange nachdenken. Es gibt ja auch noch den CN-Tower, der ist viel höher, immerhin einer der größten Türme der Welt.

Hochfahren ist kein Problem, habe ich ohne-hin vorher schon mal gemacht. Macht mir nix aus. Da müssen spannendere Sachen passieren. Der Edge Walk. Also los: 356 Meter über dem Boden spaziere ich rund um den Turm, draußen, freihändig, 150 Meter weit im Kreis. Halte meine »toes over Toronto«, lehne mich vor und zurück und schäme mich kein bisschen dafür, dass ich mich selbst bewundere. Na ja, ich war festgezurrt in sicherem Gurtzeug, aber das mindert ja meinen Wagemut kein bisschen. Und wenn ich jetzt ganz tief unter mich gucke, ist dort irgendwo der nahezu lächerlich hohe 54. Stock.

The higher the better, sag ich doch.

*

17. Extremsport und Leselust

Gibt es eigentlich wissenschaftliche Untersuchungen, ob eine extreme Erschöpfung der Beinmuskeln zu einer abnormen Einschränkung der Leselust und des Lesevermögens führt? Genau das ist nämlich heute Nachmittag passiert, nachdem ich stundenlang über harte Betonflaniermeilen marschiert bin. Man kann getrost sagen, ich habe Extremsport betrieben. Doch, auch wenn dabei der ein oder andere Blick in ein Schaufenster fiel, der ein oder andere Schritt in einen Laden führte, das war schlimmster schweißtreibender Sport. Das Ganze übrigens mit einer Person, die mir vor Kurzem noch als radikaler »Bücher sind bäh«-Typ vertraut war.

Wir kehrten zur Entspannung in ein Café ein, das sich mitten in einem Buchladen befand. Also ein Teil vom Paradies auf Erden. Und was passiert? Der vermeintlich Leseunlustige schnappt sich eine Lektüre, versinkt zwischen dicht beschriebenen Buchseiten

und ist nicht mehr ansprechbar. Ich hingegen hänge in meinem Stuhl, strecke Beine aus
und Zunge raus und schnappatme. Die Bü-
cherwelt versprüht keinen Zauber für mich,
das Paradies verwehrt mir seine Freuden.

Neben all meiner Verzweiflung hat mir dieser Nachmittag aber auch eine wichtige Erkenntnis vermittelt: Extremsport ist einfach
nichts für mich.

*

18. Wenn der Dativ sich im Hirn breitmacht

Ich mag die deutsche Sprache. Ich mag es, wenn aus zusammengesetzten Wörtern ein Kompositum entsteht, so lang, dass eine Zeile womöglich nicht dafür ausreicht. Ich stehe zu meiner Liebe zu Adjektiven, auch wenn mich diese Begeisterung daran hindern wird, eine ernst zu nehmende Schriftstellerin zu werden. Vor Adjektiven wird in der Branche nämlich gewarnt wie andernorts vor dem Verzehr von Fliegenpilzen. Ich mag die Fälle, nicht nur die Niagarafälle, sondern auch unsere vier. Dabei liegt mir der vom Artensterben bedrohte Genitiv besonders am Herzen. Und ich kann es nicht ändern, ich neige in dieser Hinsicht ein klein wenig zur Überheblichkeit, korrigiere Menschen, die ihn meiden. Ich tue das nicht mit milder Sanftmut, sondern mit schnippisch hochgezogenem Mundwinkel. Dass das auch anders geht, hat Imke vorgemacht. Sie ist Lehrerin, ich kenne sie erst seit geraumer Zeit. Wir spielen Theater zusammen, Impro-Theater, mit großer Freude und Leidenschaft. Mit einer weiteren Spielerin stellt Imke eine Szene dar, in der es um einen Stein geht.

»Alles wegen dem Stein?«, erbost sich Imkes Gegenpart und verzerrt theatralisch gekonnt das Gesicht. Imke nickt bedächtig. »Alles wegen des Steins«, bestätigt sie, und ich erkenne in ihr sofort die Schwester im Geiste im gemeinsamen Kampf für den Genitiv. Vermutlich strahle ich vor Begeisterung. Als die Szene vorbei ist, sehe ich Imke glücksüberströmt an und frage sie, ob sie Deutschlehrerin sei.

»Nein«, antwortet sie, »warum?«

Ja, warum? Wie komme ich wohl darauf? Ahnt sie es denn nicht, sie, meine Verbündete in der Liebe zur deutschen Grammatik? Muss ich meine Frage wirklich noch begründen? Na gut, dann tue ich es, atme tief ein und erkläre frohgemut und feierlich: »Wegen dem Genitiv.«

Ich habe keine Ahnung, wie mir das rausrutschen konnte, so vollkommen unkontrolliert, wie ein Tic bei einem Menschen mit Tourette-Syndrom. Der Dativ hat Schuld, wie immer.

Der sitzt hartnäckig an irgendwelchen Synapsen in meinem Hirn. Ich kann gar nichts dagegen tun. Es tut mir leid, ehrlich, lieber Genitiv. Ich halte dich trotzdem weiterhin in Ehren, werde voller Einsatz für dich kämpfen.

Ob Imke allerdings meinen Kampf ernst nimmt, kann ich nicht sagen, sie liegt Tränen lachend und prustend am Boden.

*

19. Der Tisch

Ach ja, der Tisch. Wir haben schon eine Menge miteinander erlebt. Kein Wunder, er ist ja auch schon über dreißig Jahre alt. Angefangen hat alles damals bei Ikea. Ein Ausziehtisch sollte es sein, ein rechteckiger, einer, an dem ich mit den Kindern Gesellschaftsspiele spielen konnte. Die ganze Familie sollte sich dransetzen können und Freunde auch. Eine lange Reihe Torten musste darauf Platz haben, und Uromas selbstgenähte Tischdecken sollten auch endlich zum Einsatz kommen.

Das perfekte Exemplar war schnell gefunden, damals, als ich mit den Kindern – klein, wie sie waren – durch die Lagerregale bei Ikea schlenderte. Oh, das war schon ein Unterfangen, das Riesenpaket mit dem Tisch bis auf den Parkplatz zu karren. Ich klappte die Rückbank meines VW Fox um, schob eigenhändig das Monsterpaket ins Auto und zurrte den Kofferraumdeckel fest, der sich wegen der Größe des Paketes nicht schließen ließ. Perfekt. Fast perfekt. Denn nun erst realisierte ich, dass ich mit zwei Kindern vor dem Fahrzeug stand. Ich musste mir schnellstmöglich etwas einfallen lassen, ich konnte ja schlecht eines der Kinder auf dem Parkplatz stehen lassen. Kurzerhand schnallte ich sie gemeinsam auf dem Beifahrersitz an und wir juckelten los, über die Landstraße, versteht sich.

Es dauerte nicht lange, da nahm ich im Wageninneren komische Gerüche wahr. Was war das? Benzin? Gift? Rauch? Vorsichtshalber rollte ich auf eine Tankstelle zu, in der Hoffnung, dort auf einen kompetenten Mitarbeiter zu treffen. Nun, ich verkürze die Geschichte an dieser Stelle und verschweige die Reaktion des Mannes an der Tankstelle. Nur so viel: Es ist keine gute Idee, mit einem vermeintlich gleich explodierenden Auto an eine Tankstelle zu fahren. Letztendlich kam der Gestank ohnehin nur von den Abgasen, die durch die offene Heckklappe ins Auto drangen. Manche Menschen können sich aber auch anstellen.

Ich glaube, der Transport hat bei keinem von uns bleibende Schäden hinterlassen. So ganz gefahrlos blieb der Umgang mit dem

Tisch aber nie. Eigentlich drohte jedes Mal, wenn ich ihn ausziehen musste, ein Hexenschuss. Schließlich legte ich mich nur noch unter den Tisch, die Hände an ein Ende, die Füße ans andere und schob das Möbelstück auseinander. Aber nun, im gesetzten Alter, ist mir auch das zu anstrengend.

Als es jüngst wieder erforderlich war, den Tisch zu verlängern, bat ich meine Schwester um Hilfe. Ich musste sie nur liebevoll Sissi nennen und schon eilte sie herbei. Es war sehr spät. Wir waren beide sehr müde, dennoch schlummerte noch die Kraft kleiner Ochsen in uns. Wir zogen so stark, mit so viel Schwung und Energie an dem Tisch, dass urplötzlich kleine Röllchen aus schiefen, schwergängigen Schienen gerieten. Der Tisch gab nach und knallte in zwei Teilen zu Boden.

Kurz ließen uns Lärm und Schreck verstummen. Aber wir wären nicht des gleichen Blutes, hätten wir nicht umgehend die Lösung des Problems im Kopf. Nur gut, dass es weder Kameras in unseren Hirnen noch in meiner Stube gab. Es ergab sich nämlich, dass wir den Tisch in sämtliche Positionen brachten, um den Schaden korrigieren zu können. Als beste erschien uns jene, in der meine Schwester einen Teil des Tisches hochkant festhielt, die Schienen wie hilflos ausgestreckte Arme in Richtung Zimmerdecke. Ich balancierte derweil die zweite Hälfte ziemlich wankelmütig über dem Kopf meiner Schwester. Der Versuch, auf diese Art und Weise den Röllchen den Weg zurück in die Schienen zu ebnen, hatte durchaus etwas von dem Kamel, das sich auf den Weg Richtung Nadelöhr machte. Es kam, wie es kommen musste, und weil ich diejenige war, die oben wankte, muss ich jetzt auch alle Schuld auf mich nehmen. Meine Hälfte des Tisches, massives Kiefernholz aus nordischen Wäldern, inklusive Metallschienen und widerborstiger Röllchen, landete auf dem Kopf meiner Schwester.

Das war ganz offensichtlich schmerzhaft. Es war ihr anzusehen. Dennoch muss ich an dieser Stelle festhalten, dass sie Sekunden später einen genialen Einfall hatte. Wir legten die Tischplatten mit der Oberseite auf den Boden, richteten die Schienen aus und schoben vorsichtig die Röllchen in eben jene. Wir drehten den Tisch um, legten die Einlegeplatte ein, und die Party konnte beginnen.

Es ist also wirklich etwas dran, an der These, leichte Schläge auf den Hinterkopf erhöhten das Denkvermögen. Sorry, Sissi, aber genauso war es doch.

Ach ja, der Tisch. Was wir wohl noch so miteinander erleben werden?

*

20. Ordnungssinn an Halloween

Gruselfilme sind mir suspekt, Schreckgespenster auch und Halloween mag ich nicht. Aber ich mag Kinder. Und wenn Kinder sich gern verkleiden als Cowboys, Prinzessinnen oder meinetwegen auch als Monster, dann soll's halt so sein. Dann mache ich den Spaß mit und kaufe Mars und Milky Way ein. Außerdem wohne ich im dritten Stock, wer weiß, wie viele gruselige Gestalten sich bis zu mir nach oben trauen. Bestimmt bleibt etwas Schokoladiges für mich übrig. Zunächst einmal muss ich allerdings achtgeben, dass etwas für die Kinder übrigbleibt. Vermutlich ist es meinem Ordnungssinn geschuldet, aber wenn ich erstmal eine Tüte öffne, dann sorge ich auch dafür, dass sie geleert wird und in den Müll wandert. Es hat mich einiges an Überwindung gekostet, aber als zum ersten Mal die Klingel klingelt, sind noch alle Tüten zu. Ich drücke auf den Summer, reiße die Tüten auf und kippe den Inhalt auf einen Teller und freue mich auf den Anblick kleiner lustiger Gestalten. Drei Jungs kommen die Treppe hochgeschnauft, einer mit Mütze, alle mit Jeans, Jacken und abgewetzten Turnschuhen.

»Süßes oder Saures«, grummelt es dreistimmig und ein wenig gelangweilt.

»Was?«, sage ich und schaue die Kinder, kurz vorm Teen-Age, schmollend an. »Ihr seid nicht einmal verkleidet.«

Der Junge mit der Mütze zieht sich jene vom Kopf und hält sie sich vors Gesicht und aus dem Grummeln wird ein Brummeln. »Doch, jetzt schon.«

Ich bin kein Spielverderber und rücke ein paar Süßigkeiten raus. Es dauert nicht lange und es klingelt wieder. Schritte auf der Treppe. Fröhliches Stimmengewirr im Haus. Jetzt aber! Ich warte auf Prinzessinnen, Ritter und Gespenster. Ich warte vergeblich. Die Beutel werden im Erdgeschoss gefüllt, in der zweiten Etage aufgefüllt, aber für weitere Stufen reicht die Kraft wohl nicht. Ich fürchte schon, ich werde mich allein über die Schokoriegel hermachen müssen. Doch es klingelt schon wieder. Endlich mal ein paar Verkleidungen, ich freue mich.

»Süßes oder Saures«, schallt es mir hoffnungsvoll entgegen. Ich stelle mich in den Türrahmen, lege nachdenklich einen Finger an den Mund und spüre, wie der Schalk in meinem Nacken zum Leben erwacht.

»Dann nehme ich Süßes«, entscheide ich mich und blicke in eine Reihe fassungsloser Gesichter. Schließlich öffnet eines der Mädchen seinen Beutel und greift hinein.

Der geneigte Leser möge sich beruhigen. Ich kläre den Spaß schnell auf und reiche den Teller mit der Schokolade herum. Die Kinderaugen leuchten und ich mache ganz schnell noch eine kleine Studie. Während nämlich ein Teil der Kids ganz bescheiden einen Schokoriegel vom Teller nimmt, gibt es andere, die nehmen, was eine Hand so greifen kann.

Ich tue mich mit der Meinungsfindung über das Verhalten der Kinder schwer. Zwar verabscheue ich Gier und lobe mir Bescheidenheit. Andererseits ist der Halloween-Drops für dieses Jahr gleich gelutscht und mein Süßigkeitenteller längst noch nicht leer. Ich sprach meinen Ordnungssinn ja bereits an. Bin ich also am heutigen Tage nicht auf Seiten der Gier, werde ich mich wieder opfern müssen und meine Hüften haben das Theater mit den vielen Kalorien. Doch, ich bleibe dabei, Bescheidenheit ist eine Zier. Zierliche Hüften hingegen sind sowieso langweilig.

*

21. Platz da

Da erzählt mir doch jüngst mein Papa, wie irritiert er war, als im Bus jemand aufstand, um ihm einen Sitzplatz anzubieten, gerade so als wäre er ein alter Mann. Er war buchstäblich entgeistert. Das freundliche Angebot kam für ihn einer Beleidigung doch schon sehr nahe.

»Also ehrlich, das ist wirklich noch nicht lange her«, formulierte er schwammig und echauffierte sich noch beim Erzählen. Na ja, seinen Stock habe er vielleicht schon gehabt, einen Rollator keinesfalls. Ich schüttelte nur meinen Kopf und kicherte still in mich hinein. Da will wohl jemand nicht zugeben, dass er älter wird. Mein Vater ist einundneunzig.

Seit heute sehe ich das alles mit ganz anderen Augen.

Manche Menschen sind einfach unverschämt.

Mitten in der Woche zu später Stunde streife ich über Hannovers Limmerstraße. Das sagt doch wohl schon einiges über mich aus. Limmern ist nämlich etwas für die Jungen und Junggebliebenen in dieser Stadt, das weiß doch jedes Kind. Dabei spielt es auch nur eine untergeordnete Rolle, dass ich grad noch in netter Gesellschaft ganz zivilisiert an einem Tisch in einem Restaurant eine Pizza gegessen habe und nicht mit einer Bierflasche in der Hand über Straßenbahnschienen flaniert bin. Immerhin schlendere ich ja noch zur Bushaltestelle, das kommt dem originalen Limmern schon sehr nahe. Fröhlich und gut gelaunt hüpfe ich also in den ziemlich vollen Bus, der mich heile heimbringen soll. Noch ganz frohen Mutes von dem gelungenen Abend, suche ich mir eine Haltestange und mache es mir auf meinem Standplatz gemütlich.

Und dann passiert es.

Ein bärtiger Mann, schwarze, nach hinten gegelte Haare, dunkler Teint und dunkle Augen, springt von seinem Sitz auf und bietet mir einen Platz an. Ja, geht's noch? Was soll das denn? Sehe ich aus, als klappte ich gleich zusammen, eine alte Omi ohne Krückstock? Bleib gefälligst sitzen, du Schleimer. Hast du nicht gesehen, wo ich eingestiegen bin? Limmerstraße! Ich fass es nicht.

»Danke«, sage ich kurz angebunden und bemühe mich nicht wirklich um Freundlichkeit. Dann beharrt der auch noch auf seinem Angebot. Am liebsten würde ich ihm jetzt gegen sein Schienbein treten.

»Danke«, sage ich noch einmal, diesmal etwas energischer. »Ich sitze den ganzen Tag.« Was für eine bekloppte Lüge. Ich stehe den ganzen Tag und trage deswegen in meinem jugendlichen Limmerstraßenalter Stützstrümpfe. Aber das muss ich ja nicht zwingend so einem Linienbuspassagierflegel auf die Nase binden. Endlich kapiert er es und setzt sich wieder. Ich freue mich, bin mit der Welt wieder im Reinen.

Kurz darauf bremst der Bus plötzlich ab, und für einen Moment habe ich das Gefühl, meine linke Kniescheibe macht sich auf den Weg in meine Kniekehle. Und in der nächsten Kurve meldet sich erst meine Hüfte und gleich danach kommt es mir so vor, als kugele gerade meine Schulter aus. Dann kommt auch schon meine Haltestelle – aber natürlich hätte ich noch hundert Kilometer stehend weiterfahren können. Ich steige betont lässig aus dem Bus und verabschiede mich flapsig von dem Bärtigen. Der nickt zwar freundlich, aber ich sehe genau, wie er mit den Augen rollt. Mir doch egal, was der denkt.

Ich denke derweil an Papa und daran, dass ich ihm auf keinen Fall erzählen werde, was mir gerade widerfahren ist. Vielleicht erzähle ich es mal meinen Enkeln, wenn ich einundneunzig bin. Ich kann dann ja genauso schwammig formulieren: »Das ist wirklich noch nicht lange her.« Geht ja niemanden etwas an, dass es das Jahr 2020 war, als ich für einen kurzen Moment das Gefühl hatte, jemand hielte mich für eine alte Frau.

*

22. Die coole Socke

Straßenkünstler – das sind nicht zwangsläufig Pflastermaler oder Musikanten, Clowns und Jongleure. Im Sinne von »Kunst kommt von Können« sind es für mich manchmal einfach Verkehrsteilnehmer, die beherrschen, was sie tun.

Ich begegne diesen Menschen häufig, wenn ich die Straße zu meinem Arbeitsplatz überquere. Da ja immer noch dieses unbedarfte Dorfkind in mir schlummert, steigt mein Blutdruck jeden Tag, den ich diese hochfrequentierte Straße überqueren muss. Da können meine Arbeitskollegen noch so aufmunternd winken, wenn mir die Sache mulmig ist, gehe ich den gefühlt kilometerlangen Umweg zur nächsten Verkehrsinsel, um eine größere Chance zu haben, heil ans andere Ufer zu kommen.

Wie sehr bewundere ich diese LKW-Fahrer, die mit Laster und Anhänger zackig abbiegen, ihren Zug in gerade Position bringen, nur um dann, ohne mit der Wimper zu zucken, rückwärts und schnurgerade die von mir so gefürchtete Straße zu überqueren, um in die Lieferzone des benachbarten Supermarktes zu gelangen. Manchmal strecken die Fahrer ihre Köpfe aus dem Fenster und lenken mit einer Hand, während die halbaufgerauchte Zigarette lässig im Mundwinkel hängt. Was für Haudegen. Niemand wagt es, sich mit denen anzulegen. Kein ungeduldiges Hupen ist zu hören, weder von vorn noch von hinten. Wer so fahren kann, darf sich mit Recht »King of the Road« nennen. Ein Künstler, ein Fahrkünstler eben.

Eine Fahrkünstlerin war auch jene junge Frau, die in aller dunkler Früh mit ihrem unbeleuchteten Fahrrad aus der Seitenstraße schoss. Sie drängelte sich an den ordnungsgemäß Vorfahrt gewährenden Autos vorbei, nahm die winzigste Lücke zwischen den Fahrzeugen in der von mir beschriebenen Straße und fegte wie der Blitz in wildem Zickzack über die Straße, fuhr Slalom über den Fußweg und ward nicht mehr gesehen. Ehrlich gesagt, war sie eher eine Überlebenskünstlerin, die ihren weiterhin pulsierenden Puls den rennpferdschnellen Reaktionen ihrer Mitverkehrsteilnehmer zu verdanken hatte.

Und meine Bewunderung für sie hielt sich nicht in Grenzen, sie war schlichtweg nicht vorhanden.

Den Vogel schoss allerdings die alte Frau ab, die ihren Rollator auf dem Gehweg schob. Die rechte Hand am rechten Griff, den linken Ellbogen am anderen machte sie mit ihrem deformierten, buckeligen Körper einen unglaublich gebrechlichen Eindruck. Das empfanden offensichtlich alle anderen genauso wie ich. Gemeinsam gaben wir größte Obacht und warteten mit Abstand, um der Frau freies Geleit zu gewähren. Auch die Autos, die abbiegen wollten, hielten sich zurück, weil die alte Dame ihren Rollator halb auf dem Bürgersteig, halb auf der Fahrbahn manövrierte. Die Rechtskurve, die sie einschlagen wollte, gelang ihr nicht auf Anhieb, so dass auch den Radfahrern auf dem Radweg Einhalt geboten wurde. Als die Alte endlich in sicheren Gefilden war, kam langsam wieder Bewegung in den gerade noch erlahmten Verkehr. Auch ich setzte meine Fahrt fort, langsam und umsichtig, mit achtsamem Blick auf die Rollatorschiebende. Als ich näherkam, glaubte ich meinen Augen nicht zu trauen. Plötzlich er-

kannte ich nämlich, woher diese seltsam an-
mutende Körperhaltung der Frau tatsächlich
kam. Vermutete ich doch gerade noch, sie litte
unter einer äußerst schmerzhaften Körperde-
formation, konnte ich nun ganz genau erkennen, warum sie ihren Gehwagen so unkontrolliert durch die Gegend schob und warum
sie links den Ellbogen statt der Hand am Griff
hatte. Sie war hochkonzentriert – nur leider
nicht auf den Verkehr, sondern auf ein Tele-
fongespräch. Sie hielt sich nämlich mit aller
Selbstverständlichkeit und Seelenruhe ein
Handy ans Ohr. Die alte Socke machte es den
Teenies nach und den Wichtigtuern. Und wir
waren alle drauf reingefallen, auf ihr Tarnen,
Täuschen, Tricksen. Das hätte kein Zauber-
künstler der Welt besser hinbekommen. Mir
blieb nur fassungsloses Kopfschütteln. Diese
coole Socke, die.

*

23. Das Blauhemd

Meine seltenen freien Vormittage sind schuld. Immer sind sie vollgestopft mit all diesen Dingen, die auf meiner endlosen To-do-Liste stehen. Nie, aber auch wirklich nie wird diese Liste kleiner. Und immer, aber auch wirklich immer hetze ich an diesen Tagen zur Arbeit, komme selten eine Minute zu früh. Bin außer Atem, obwohl ich mit dem Auto fahre. Die letzten Meter vom Parkplatz zur Filialtür sprinte ich. Klug wäre es, wenn ich mich erstmal einen kleinen Moment sammeln, vielleicht in Ruhe einen Kaffee trinken würde, bevor ich mich ins Gewühl stürzte. Nur gibt es bei uns keine Ruhe, und hätte ich noch Zeit zum Sammeln, würde ich zuhause meine Rezepte oder meine Briefmarken sortieren.

Nee, nee, ist schon ganz gut so, wie ich das mache. Außerdem, das, was mir gestern passiert ist, hatte auch gar nichts mit Unaufmerksamkeit oder Stress zu tun, sondern mit blauen Hemden. Ich bin ja keine große Freundin unserer blauen Polyester-Dienstkleidung, dunkelblaue, ulkig geschnittene Hosen und hellblaue Hemden mit weißen Knöpfen. Langweilig und unpraktisch.

Gestern eile ich also in meine Filiale, als Erstes ins Büro meiner Kollegin, um ihr einen guten Tag zu wünschen. Da steht dieser blauhemdige Mann neben ihr am Fenster, lässig wie ein Cowboy. Ein joviales Lächeln umspielt seine Lippen, als er mich sieht. Einen neuen Kollegen erwarten wir nicht, also wohl schon wieder ein neuer Chef. Ich wundere mich. Na ja, warten wir's mal ab. Ich reiche dem Neuen die Hand. Er zögert etwas, bevor er mir seine gibt. Chefallüren.

»Karen«, sage ich und füge schnell noch meinen Nachnamen hinzu, nicht erst als ich den verwunderten Blick meiner Kollegin sehe. Das Blauhemd schweigt. Ich bin empört. Ist es nicht eine Frage des Anstands, dass jeder seinen Namen nennt, wenn man sich vorstellt? Trotz meiner guten Erziehung agiere ich etwas ungehalten.

»Kennen wir uns?«, gifte ich den Mann im blauen Hemd an. Er antwortet nicht, beginnt stattdessen breit zu grinsen. Von wegen Chefallüren. Bei ihm ist einfach der Groschen gefallen, der bei mir noch in irgendwelchen Gehirngängen klemmt.

»Ich bin ein Kunde«, klärt er mich auf und lacht laut, während meine Kollegin peinlich berührt den Kopf schüttelt.

Ich drehe mich um und verlasse mit hochrotem Kopf das Büro.

Manno! Seit wann dürfen Kunden eigentlich ohne ausdrückliche Erlaubnis blaue Hemden tragen, wenn sie in unseren Büros herumlungern wollen? Da sind Missverständnisse doch wirklich vorherbestimmt.

*

24. Schraube locker

Wenn man ausgerechnet in der Adventszeit eine Schraube locker hat, dann kann das durchaus zu vorweihnachtlicher Unterbelichtung führen. Das merkte ich, als ich den Stern aufhängen wollte, den mir Freunde im vergangenen Jahr geschenkt hatten. Schwarze und weiße Ministecker hatten sich nicht nur – vermutlich im gegenseitigen Einvernehmen – getrennt, sie waren bei der Gelegenheit auch jeweils in ihre Einzelteile zerfallen. Und war da nicht auch noch was mit einer Schraube? Ich grübelte kurz, suchte und wurde wie erwartet nicht fündig. War ja klar. Nicht dass ich jetzt auf Anhieb gewusst hätte, wie die schwarzweißen Einzelteile wieder zusammenzupuzzeln wären, aber so, mit fehlender Schraube, war es ja eh ein hoffnungsloses Unterfangen.

Ich gebe zu, mit fortschreitendem Advent wurde ich sternbezüglich immer unleidlicher. Ich bin ja eher so die Sorte »Selbst ist die Frau«. Das ist nicht nur eine gute Eigenschaft, der Nachteil ist nämlich, dass man Hilfeersuchen nicht adäquat formulieren kann.

In einem vollkommen unbeabsichtigten Nebensatz ließ ich das Sternenmalheur gegenüber den erwähnten Freunden mal fallen. Sofort wurde mir Hilfe angeboten. Das war mir nun auch wieder nicht recht. Wieso glaubten die, das Problem so schnell lösen zu können. Wenn es so einfach war, musste ich doch wohl selbst dazu in der Lage sein. Und überhaupt, schließlich fehlte immer noch die Schraube.

Irgendwann war ich dennoch genervt genug und bereit, Hilfe in Anspruch zu nehmen. Ich packte das Sternchen in seinen Karton und den Karton ins Auto, für den Fall, dass mich mein Weg mal unvermutet bei meinen Freunden vorbeiführte.

Es waren längst wieder ein paar Tage vergangen, als ich in einer Blechdose mit Bastelkrams kramte. Schon als ich den Deckel hob, sah ich sie. Die Schraube. Sie klebte dort nicht nur säuberlich mit Tesafilm fixiert, daneben war auch ein Zettel mit dem Hinweis, dass dieses Schräubchen zu dem Sternchen gehörte. Ach, ich bin so organisiert und strukturiert, bei mir geht nichts verloren, nur manchmal finde ich es bloß nicht auf Anhieb. Jetzt also könnte ich, wenn ich wollte, mal einen Versuch der Reparatur starten. Ich könnte, wäre der Stern nicht im Auto in der Garage zwei Straßen weiter und ich in meiner heimeligen Wohnung in luftiger Höhe. Och nö.

Aber heute. Endlich. Ein Freund lud mich zum Babysitten ein. Der Freund ist Elektriker. Noch Fragen? Ich nahm einen Stapel Vorlesebücher für die Kids und rein zufällig auch den Stern und das Schräubchen und machte mich rein zufällig sehr rechtzeitig auf den Weg.

»So«, sagte ich und breitete mein Equipment auf dem Küchentisch des Freundes aus. Die Kinder staunten, der Fachmann wunderte sich. Eigentlich hatte ich erwartet, dass er ein bisschen kompetent herumhantierte und dann den Schraubendreher zückte und die Schraube eben dorthin schraubte, wo sie hingehörte. Weit gefehlt. Er eilte mit dem Stern in der Hand die Treppen hinab, ich im Eiltempo hinterher, hielt ich doch die ganze Kabellage in den Händen. Es musste ja nicht unbedingt auch noch ein Kabelbruch passieren. Wir stoppten erst, als wir im Werkzeugkeller ankamen, ein akkurat aufgeräumter Raum, ein OP-Saal konnte nicht besser bestückt sein. Die Standbohrmaschine sah mich bedrohlich an, in der Schublade mit den Maulschlüsseln klepperte es laut, die Schleifmaschine grinste, die Werkbank machte sich breit. Mein Sternchen schien mir genauso eingeschüchtert wie ich. Aber dann ging der Chirurg an seine Arbeit und griff, wie erwartet, zum Schraubendreher.

Es dauerte nur Sekunden und mein Stern und ich strahlten um die Wette. Drei Sachen waren gerade eben gleichzeitig passiert. Erstens hat mich mit voller Wucht die Erkenntnis getroffen, dass man ruhig mal um Hilfe bitten kann, zweitens hatte ich nun keine Schraube mehr locker und drittens war mir auch noch ein Licht aufgegangen.

Wenn das nicht den Geist der Weihnacht spiegelt, dann weiß ich auch nicht.

*

25. Lampenfieber

Auftritt muss ich noch üben. Lampenfieber kann ich schon. Und wie! Der Auftritt mit meiner Impro-Theatergruppe steht bevor.

Sieben Stunden noch.

Ich übe. Nicht, dass man ausgerechnet Impro üben kann, und dann noch allein, aber eine Hummel kann ja auch nicht fliegen. Ich übe also, im Auto. Der Leitzordner auf dem Beifahrersitz ist Heike, das Radio Iris, Birgit die Antenne und Christian guckt mich aus dem Rückspiegel an. Ich denke mir Räume aus und Beziehungen, Gefühle und Situationen, Orte und Tätigkeiten, erfinde Szenen und rede laut. Mein Publikum sitzt in den Autos nebenan und grinst. Vielleicht wegen meiner Gesten und Grimassen. Läuft. Ich finde mich selbst richtig gut und fange laut an zu lachen, nur um im nächsten Moment vor Demut zu erstarren. Bin ich größenwahnsinnig? Wie kann ich mir nur einbilden, lustig zu sein. Lustig sind andere.

Sechs Stunden noch.

Ich lerne das Alphabet rückwärts und fange schon wieder an zu schmunzeln und rufe mich zur Ordnung. Nur nicht überheblich werden. Der Zweifler in mir baut sich auf und spielt mit seinen Muskeln. Was, wenn ich vollkommen dämlich spiele und niemand anschließend mehr etwas mit mir zu tun haben will? Ich überlege, ob ich meine Freunde über den Auftritt informieren sollte. Aber was, wenn sie kommen und sich langweilen? Womöglich gucken sie mich anschließend schief an und wollen nicht länger meine Freunde sein. Ich beschließe niemandem Bescheid zu sagen und hoffe, dass sie alle kommen. Nein, hoffentlich kommt niemand. Dieser Wankelmut bringt mich um.

Fünf Stunden noch.

Sind überhaupt meine Schuhe geputzt? Ich hole Schuhcreme hervor und wienere die Stiefel, als sei ich fünf Jahre alt und wartete auf den Nikolaus. Mein Puls rast, mein Herz klopft. Ich muss noch die Klamotten bügeln. Das Bügelbrett ächzt unter meinen Anstrengungen, das Shirt will einfach nicht glatt werden. Das ändert sich erst, als ich den Stecker vom Bügeleisen in die Steckdose stecke.

Vier Stunden noch.

In der Impro-WhatsApp-Gruppe plingt es ohne Unterlass. Mein Handy glüht. Was ist los mit den anderen? Haben die keine fiebrigen Lampen, die ihnen den Atem rauben? Oder sind das alles Übersprungshandlungen, lieber Gefühle ausbrechen lassen als den Mageninhalt? Kinder, ist mir übel. Die anderen klingen so optimistisch. Ob ich mich krankmelden sollte?

Drei Stunden noch.

Hustenbonbons. Ich packe auf alle Fälle Hustenbonbons ein. Ein Butterbrot? Jemand meinte, man könne verhungern, wer weiß, wie lange der Auftritt dauern würde und die Vorbereitungszeit müsse auch noch addiert werden. Der Trainer warnte vor Unterzuckerung. Schokolade. Wo kriege ich jetzt noch Schokolade her? Trinken. Ich muss was zu trinken mitnehmen. Ich muss jetzt was trinken, unbedingt. Auf keinen Fall werde ich was trinken, womöglich muss ich sonst noch direkt von der Bühne aufs Klo. Das wäre ein Abgang. Wieso habe ich Schweißperlen auf der Stirn? Ich friere.

Zwei Stunden noch.

Ich nehme ein Entspannungsbad, heiß, ermüdend, nach Lavendel und Baldrian duftend. Ich trinke ein großes Glas Cola in der Badewanne und muss mich von meinem Körper anbrüllen lassen, was ich denn nun wolle, Anspannung oder Entspannung. Wann war eigentlich das Treffen, um fünf oder um fünfzehn Uhr? Überhastet springe ich aus der Wanne und rutsche über die Fliesen zum Kalender an der Flurwand. Wo ist meine Brille? Die Lache unter mir duftet nach Lavendel und Baldrian. Treffen ist um siebzehn Uhr, zwei Stunden Zeit, um eine Dose Gel in die Haare zu kneten. Warum sehe ich ausgerechnet heute so fad und trocken, so langweilig und trantütig aus?

Eine Stunde noch.

Ich esse doch lieber noch eine Kleinigkeit. Nur was? Nudeln aus der Dose, ein Käsebrot und Nutella mit dem Löffel aus dem Glas. Waren da nicht noch ein Matjes und ein Glas Gurken im Kühlschrank? Bin ich schwanger?

Zehn Minuten noch.

Ich sause los. Satt, sauber, sensibel, stolz und startklar. Mein Herz rast, mein Lampenfieber lässt sich nicht bändigen.

Drei Stunden später.

War das geil! Wir waren toll! Was für ein großartiges Publikum! Dieser Applaus. Blumen, Sekt und Komplimente. So viele lachende Gesichter.

Also ich könnte morgen schon wieder ... Lampenfieber? Nö, war bei mir jetzt eigentlich nicht so schlimm.

*

26. Ein Pferd auf dem Flur

Meine Freundin arbeitet auch am Postschalter, in Berlin. Wir haben eine Art Wettbewerb laufen. Wer muss Pakete mit dem kuriosesten Inhalt durch die Gegend schleppen. Ich führe. Mit einem Gefrierschrank. Das Kühlgerät klebt hartnäckig in meinem Gedächtnis, wie Eisblumen an einfach verglaster Fensterscheibe. Ich fühle noch den Stolz in mir, als ich es mit Tricks und Kniffen geschafft hatte, den Schrank auf den Hubwagen zu wuchten. Und ich erinnere mich noch deutlich an die Mischung zwischen Schadenfreude und Entsetzen, als eine junge Frau den Schrank ganz allein Zentimeter für Zentimeter aus der Filiale zog. Nie im Leben hätte ich mir träumen lassen, dass es noch besser kommen könnte. Aber nun hat der Eisschrank Konkurrenz bekommen.

Das quaderförmige Paket versperrt schon den Gang, als ich die Schicht antrete. Ich muss nicht lange raten, was in dem Karton sein könnte, es steht in fetten Buchstaben drauf. Ein Bund Heu. Nun ist es nicht so, dass ich nicht wüsste, dass Kaninchen, Meerschweinchen und sonstiges Getier gern mal den ein oder anderen getrockneten Grashalm wegmümmeln, aber muss man sich deswegen gleich ein ganzes Bund schicken lassen? Heu gibt es auch in handlichen Beuteln im Handel. Als die Empfängerin ihr Paket abholen will, fange ich vorsichtig an, meine Neugier zu befriedigen. Ob tatsächlich Heu in dem Karton sei, will ich wissen. Die Frage ist nicht unberechtigt, denn ich rieche gar nichts. Und ich weiß sehr wohl wie Heu riecht, gutes Heu, das ausreichend gewendet wurde, von allen Seiten getrocknet und keinen Tropfen Regen abbekommen hat. Hier rieche ich nur Kartonage. Aber die Frau versichert mir glückstrahlend, dass ich mich tatsächlich grad mit einem Bund Heu abrackere. Zwar mangelt es mir immer noch an Verständnis, aber ich erkundige mich dennoch freundlich nach dem Befinden der Nager. Nein, nein, versichert mir die Gute in vollem Ernst. Das Heu sei nicht für irgendwelche Kaninchen, sondern für ihr – Pferd.

Für. Ihr. Pferd.

Es sei ganz besonders gutes Heu, das kriege man nicht überall und deshalb lasse sie es sich per Post schicken. Glückselig verlässt die Frau die Filiale, ich bleibe sprachlos zurück. Ein paar duftlose, getrocknete, aus dem Karton gerieselte Grashalme liegen auf dem Boden. So viele Fragen bleiben offen.

Während für die Nagetiere mit einem Bund Heu die Mahlzeiten für lange Zeit sichergestellt wären, hat ein Pferd so ein Bund schnell verputzt. Kommen künftig regelmäßig Heubunde in die Filiale, Rundballen womöglich in Kürze? Wer kontrolliert die tatsächliche Qualität des geruchsfreien Heus, Pferde haben empfindliche Mägen? Und die wichtigste Frage, die, die mich einfach nicht loslässt? Wo steht das Pferd? Auf dem Flur? Stünde es in einer Box auf einem Bauernhof, könnte man das Heu ja dorthin schicken lassen.

Nach reiflicher Überlegung bin ich zu dem Schluss gekommen, dass das Pferd Tür an Tür mit der Frau mit dem Eisschrank irgendwo mitten in Hannover im dritten Stock wohnt, einen sehr robusten Magen hat, aber gerade auf Diät ist.

In jedem Fall bin ich nun wohl die Allzeit-Siegerin im Wettbewerb mit meiner Freundin. Hannover hat halt doch Sachen zu bieten, von denen Berlin nicht einmal zu träumen wagt.

*

27. Die Spülmaschine

Es fing damit an, dass meine Spülmaschine nach Jahren des unermüdlichen Einsatzes ihren Geist aufgab. Der Kauf einer neuen ging schnell über die Bühne. Ich wollte einen Einzelhändler aus der Region unterstützen. Und drücken wollte ich mich um Vertriebsprofis, jene gewieften Männer – warum sind es bei mir eigentlich immer Männer? –, die mir versicherten, die üppige Ausstattung des angepriesenen Gerätes würde mein Herz höherschlagen lassen. Üppig bin ich selbst und noch überlasse ich es nicht einem Haushaltsgerät, meine Herzfrequenz zu beeinflussen. Ich wollte nicht über die bestechend einfache Bedienung beraten werden, als sei ich zu blöd, den Startknopf zu finden, ich brauchte keine edlen Annehmlichkeiten rund um die Reinigung meines nicht vorhandenen Silberbestecks, und erst recht brauchte ich keine Bestätigung, dass sich die Anschaffung auch für einen Single-Haushalt lohne. Also bitte!

Ich hatte nur drei Fragen: »Liefern Sie auch bis in die Landeshauptstadt? Hieven Sie das

Gerät in den dritten Stock? Transportieren Sie die alte Maschine ab? Schließen Sie die neue gleich an?« Der Verkäufer beantwortete alle meine Fragen mit Ja und behauptete, es seien vier gewesen. Ich ließ diese Besserwisserei einfach mal so stehen, zumal er versicherte, er könne schon am Montagmorgen liefern.

Nun galt es, sich zu sputen. Ich brauchte das ganze Wochenende, um meine Küchenschränke auszuräumen, auszumisten, auszuwischen und wieder einzuräumen. Ich sortierte Konservendosen, Nudeln und Reis nach Haltbarkeitsdatum, stapelte Backpulver, Sahnesteif und Trockenhefe, machte aus einem Papierstapel drei, Kontoauszüge, Rezepte, Sonstiges. Heftete ab, schredderte, legte drei neue Stapel an, wichtig, etwas wichtig, unwichtig. Der Müllsack wurde voll. Das Regal wurde aufgeräumt, die Fronten der Schränke poliert. Ich trug Tisch und Stühle aus der Küche, damit der Geschirrspülmaschinenlieferant Bewegungsfreiheit haben würde. Abschließend stellte ich ein Blümchen auf die Arbeitsplatte, rückte die Kochbücher gerade und wienerte den Boden. Ach, selbst mit kaputter Spülmaschine sah meine Küche aus wie aus dem Katalog.

Die Frage, warum ich die Schränke von innen saubergemacht hätte, ob der Handwerker da hineinschauen würde, ignorierte ich geflissentlich.

Und dann kam der Montagmorgen. Der Monteur schnaufte die Treppe hoch, stellte seinen enormen Werkzeugkasten ab und fiel auf die Knie. Nicht vor mir, sondern vor der Fußleiste meiner Einbauküche, die er mit gekonntem Handwerkergriff entfernte. Ich ging ahnungsvoll in die Hocke und sah zaghaft unter meine Schränke. Vor vielen Jahren hatte meine Mutter mir erklärt, dass tote Menschen zu Staub zerfallen und unter meinem Bett wohl eine Leiche läge. Ich fand das nur bedingt lustig, musste nun aber überlegen, ob unter meinen Küchenschränken ein Friedhof sei. Mit zerknautschtem Gesicht sah ich den Küchenmann an. Er winkte lässig mit der Hand, das sähe überall so aus, und wer da unten regelmäßig feudele, habe Langeweile. Der Mann würde ein ordentliches Trinkgeld bekommen, das stand schon mal fest. Trotzdem schwang ich das Scheuertuch, als er sich mit der alten Maschine auf den Weg nach unten machte. Als er mit der neuen oben ankam, glänzte der komplette Fußboden.

Es dauerte nicht lange und die neue Maschine ratterte gemütlich vor sich hin. Der Monteur grinste zufrieden. Ich auch. Er verabschiedete sich, ich gab ihm ein Trinkgeld und sah aus dem Küchenfenster, wie er mit seinem Transporter aus meinem Blickfeld verschwand. Ich drehte mich um und betrachtete glücklich meine nun wieder vollkommen funktionsfähige Küche. Trotzdem war ich ein klein bisschen missmutig. Einmal, mindestens einmal hätte er ja in die Schränke statt nur darunter schauen können.

*

28. Das Schlüpfergummi

Meine Mama kicherte atemlos ins Telefon und meinen Vater hörte ich im Hintergrund laut lachen. Obwohl ich kein Wort verstand, wusste ich sofort, dass sie sich auf meine Kosten lustig machten. Na toll!

Es fing alles damit an, dass ich mich dazu bekannte, im Mainstream zu schwimmen. Ich finde die Regelungen rund um die COVID-19-Krise sinnvoll. Noch mehr als die viel zitierten Virologen haben mich die Medizinexperten in meiner Nähe überzeugt und die Retter und Krankenhausmitarbeiter, denen ich jüngst gezwungenermaßen begegnet bin. Diejenigen um mich herum, die unter Atemwegsproblemen leiden, jene, die Angst um ihre Lieben in Altenheimen haben, sogar die kritischen Geister an meiner Seite, die ein wachsames Auge auf die Einschränkung verbürgter Rechte haben, sie alle schwimmen mit mir in der Mitte des Flusses.

Ich zügele meine Wut auf solche, die meinen, Verstorbene hätten vom Panzer überrollt werden können, mit nachgewiesenem Virus wären sie trotzdem in der Corona-Statistik aufgetaucht. Wie zynisch. Aber so ist das nun mal. Es gibt immer welche, die krude Theorien versprühen. Man kann versuchen, etwas dagegen zu tun: in den Dialog treten – und verdutzt feststellen, dass diese Sorte Kritiker gar keine Kritik wünscht.

Und es gibt solche, die infizierte Tröpfchen versprühen. Dagegen kann man auch etwas tun: Masken nähen. Gesagt, getan. Das ist doch wohl pipileicht, dachte ich mir und sah mir ein Tutorial auf YouTube an. Ich suchte mir Stoffe zusammen, Baumwollreste vom letzten Rock, Überbleibsel vom Kinder-Tipi, ein Halstuch mit ausgefransten Ecken. Und Schlüpfergummi natürlich. Kochfest. Das ist sehr wichtig. Man will schließlich Viren killen. Ich schnitt also den Stoff zurecht, kettelte ordentlich, steckte alles zusammen, nähte das Gummi ein und fixierte den Draht. So etwa ab dem dritten Versuch wurden meine Masken ganz passabel. Beim Blick in den Spiegel überzeugte ich mich vom perfekten Sitz.

Meine untere Gesichtshälfte erschien wahlweise bunt gepunktet, hoffnungsfroh himmelblau oder pink mit Sternchen. Selbstverliebt ob meiner schneiderischen Fähigkeiten und der Erkenntnis, dass an mir eine Modedesignerin verloren gegangen ist, schickte ich Selfies in die familiäre Welt. Die Bestellungen ließen nicht lange auf sich warten. Ich nähte, kochte, bügelte und schickte die guten Stücke auf die Reise. Ach ja, brüstete ich mich in maßvoller Bescheidenheit, nun trug auch ich ein Stück zur Rettung der Welt bei. Wenn nur ein Nanopartikel Virenspucke auf seinem vernichtenden Feldzug gestoppt würde, hätte sich all die Mühe gelohnt.

Leider muss ich an dieser Stelle zugeben, dass es rohstoffbedingt zu Problemen in meiner Produktionskette kam. Eigentlich kann es also keine Beweise geben, dass die Masken als medizinische Hilfsmittel taugen. Aber! Hier ist die Geschichte nämlich noch nicht zu Ende. Seit den sechziger Jahren ist es ja wissenschaftlich belegt, dass beim Lachen die Anzahl natürlicher Killerzellen im Blut zunimmt. Und die können Zellen killen, die von Viren befallen sind. Na also!

In dem Moment, als meine Eltern gackernd wie die Hühner anriefen, um sich für die Masken zu bedanken, hatten sie jede Menge Killerzellen im Blut. Es war nämlich so, dass meinem Vater gerade ein Schlüpfergummi am linken Ohr hing und er verzweifelt versuchte, das andere Gummi ans andere Ohr zu ziehen, um das Stoffstück vor Mund und Nase zu kriegen. »Warum hat sie nicht ..., warum ist denn das ..., wie kann man nur ...«, hörte ich ihn lachend stammeln. Mama schien die Slapstick-Nummer aus vollem Herzen zu genießen, sie kicherte wie ein Backfisch.

Und warum das alles? Weil das dämliche Schlüpfergummi eben doch nicht kochfest war. Eingelaufen ist das blöde Bändsel. Was soll's? Die Nähmühen haben sich trotzdem gelohnt, allein schon für die vergossenen Lachtränen. Und überhaupt, war ja nicht meine Schuld. Wo kochfest draufsteht, sollte auch kochfest drin sein. Erst recht doch wohl bei Schlüpfergummi.

*

29. Von Kritik und Kritikregeln

Mein Neffe behauptet, kein Mensch möge Kritik. Eine vollkommen unsinnige These, die ich persönlich stante pede widerlegen kann. Ich liebe Kritik. Ich fordere sie sogar regelmäßig ein, bin als kreativ Agierende darauf angewiesen. Na klar, wenn jemand meine Texte nicht mag, kann es natürlich sein, dass er einfach nicht zu meiner Zielgruppe gehört. Wer meint, meine selbstgenähte Bluse schlage Fältchen, der hat vermutlich im ganzen Leben noch nie an einer Nähmaschine gesessen. Und wer sein Gesicht verzieht, weil ihm meine Blockflötentöne missfallen, den interessiert offensichtlich nicht, dass meine Wohnung zu klein für ein Klavier ist.

Dass beim Äußern von Kritik wohlwollende Worte statt abgedroschener Phrasen bevorzugt werden sollten, versteht sich ja von selbst. Diesen Grundsatz missachtet man nicht ungestraft. Tut das beispielsweise eine gute Freundin dennoch, muss sie sich nicht wundern, wenn ihr die kalte Schulter entgegengehalten wird. Ich will das Ganze mal an einem Beispiel erläutern.

Man stelle sich vor, es gäbe eine ganz ungewöhnliche Situation und weltweit würden Menschen in Quarantäne gesteckt, mieden Sozialkontakte und könnten ihren Lieben nicht mehr begegnen. Das könnten Umstände sein, in denen das Hirn irgendeiner Oma auf diesem Planeten zu Hochtouren aufläuft. Vielleicht entdeckt diese Oma auf ihrem Smartphone das Diktiergerät. Solche Sachen können passieren, wenn man in den eigenen vier Wänden eingesperrt ist und Dinge sieht, die man vorher noch nie gesehen hat, Staubflusen unter Wohnzimmerschränken, Krümel in der Besteckschublade oder eben Handyfunktionen, die man vorher nie zur Kenntnis genommen hatte.

Nun kommt also die besagte Oma auf die Idee, selbsterdachte Geschichten ins Handy zu sprechen und diese an die Enkel zu schicken. So weit, so gut. Vermutlich bekäme die Oma freundliche Kritiken für ihr Tun. Freundliche Kritiken führen allenthalben zu Höhenflügen, wie vielleicht jeder von uns schon einmal erfahren durfte. Diese Oma mag vor diesem Hintergrund etwas übermütig werden, beginnt etwa, ein Lied zur nächsten Geschichte zu komponieren, ein Kinderlied im Vierviertaltakt. Dann könnte die Oma zur Tat schreiten, das Lied aufnehmen, mit Gitarrenbegleitung gar, unter der Verwendung weniger Akkorde. Rein hypothetisch könnte die Oma beim Abspielen ihres Musikstückes auf die Idee kommen, gleichzeitig ein weiteres Instrument zu spielen und wieder das Mikrofon einzuschalten. Und am Ende käme womöglich ein Kinderlied mit orchestralem Klang dabei heraus, Gesang mit Gitarre, unterstützt von Flöte, Mundharmonika und eigenwilliger Percussion. So weit, so gut.

Nun ist allseits bekannt, wie hin- und hergerissen kreative Menschen davon sind, das, was sie schaffen, wahlweise in fest verschlossenen Schubladen im hintersten Teil des Bettkastens verschwinden zu lassen oder mit Pauken und Trompeten der Öffentlichkeit zu präsentieren.

Nehmen wir einmal an, die besagte Oma wählte einen Zwischenschritt und ließe eine gute Freundin in den Genuss ihres Werkes kommen und wartete auf ein ehrliches Statement. Dabei kämen natürlich, wichtiger als jemals zuvor, oben genannte Kritikregeln ins Spiel. Und nur mal so, um dieses anschauliche Beispiel abzurunden, es könnte passieren, dass jetzt die Freundin sagen würde, die Oma könne sehr wohl bei »Germany's next Topmodel« mitmachen, nicht aber an »Deutschland sucht den Superstar« teilnehmen. Es bleibt jedem selbst überlassen, sich vorzustellen, was solch eine Kritik wohl bewirken könnte.

Abschließend möchte ich an meinen Neffen gerichtet noch einmal betonen, dass ich Kritik sehr wohl liebe. An die Freundin, die gerade meint, ich streckte ihr meine kalte Schulter entgegen: Nein, nein, das bildest du dir nur ein.

*

30. Küchenextreme

Beim Agieren in der Küche gibt es nur Extreme. Ich meine damit nicht, ob jemand vegetarisch kocht, am liebsten Kuchen backt oder Fleisch brät. Vom Aufräumen und Abwaschen rede ich. Es gibt nur zwei Spielarten, die Beizu-Variante und die Nachher-Abart. Und selbstredend ist nur eine die einzig Wahre. Ich bin eine Vertreterin dieser wahren Variante, gehöre zum Typus sofortiger Abwäscher, Auf- und Wegräumer.

Wenn ich mit meiner Freundin Petra gemeinsam in der Küche stehe, dann steht gleichzeitig auch immer unsere Freundschaft ein wenig auf dem Spiel. Petra ist nämlich eine Vertreterin der Abart.

Dabei ist zweifelsfrei nur mein Verhalten das logische. Ist die Suppe umgerührt, wasche ich den Löffel ab und lege ihn zurück in die Besteckschublade. Ist doch nicht meine Schuld, wenn meine Freundin, nachdem sie noch etwas Salz zur Suppe gegeben hat, eben jene nochmal umrühren will. Soll sie sich doch freuen, dass sie zu einem sauberen

Löffel greifen kann. Ich verstehe nie, dass sie dann erst mit großem Trara Tisch und Arbeitsfläche absucht, in die Spüle schaut, auf den Fußboden gar. Wo sollte der Kochlöffel denn liegen, wenn nicht in der Schublade, in der er wohnt? Es ist wirklich anstrengend, ihre rollenden Augen zu beobachten, wenn sie mal wieder irgendein Utensil sucht. Und anstrengend ist auch, dass sie mich anstrengend findet – kann ich gar nicht verstehen. Es ist mühsam, aushalten zu müssen, dass beim Kochen mit ihr überall gebrauchtes Geschirr herumsteht, die Kochtopfdeckel verkehrt herum abgelegt werden und Kartoffelschale nicht schon beim Schälen in den Kompostbehälter wandert.

Meist schmeckt uns das, was wir kochen, gleichermaßen gut, aber das ist vollkommen nebensächlich. Ich mag mir gar nicht vorstellen, wie es bei ihr aussieht, wenn ich ihr nicht beim Kochen zur Hand gehe und schon mal Wasser in die Spüle lasse. Bei mir herrscht Ordnung.

Gestern habe ich in meiner schönen, sauberen Küche mal wieder an der Optimierung meines Zuckerkuchens gefeilt. Ein erfolgversprechendes Unterfangen. Als ich den wunderbar gebräunten, appetitlich duftenden, gleichmäßig mit Zucker bestreuten Kuchen, dessen leicht gesalzene Butter in den Hefeteiglöchern geschmolzen war, aus dem Ofen nahm, war meine Küche längst picobello aufgeräumt. Ich schnitt den noch warmen Kuchen und legte die Stücke auf einen Porzellanteller, der zwischen Spüle und Herd stand. Die Standortangabe ist an dieser Stelle nicht unwichtig! Und ich kann so viel vorwegnehmen, der Standort war nicht optimal gewählt. Wie auch immer, in dem Moment genoss ich den Gedanken an bevorstehende Gaumenfreuden und nahm das buttrig, zuckrige Aroma voller Vorfreude in mir auf.

An den Rändern des Backbleches war ein bisschen Teig festgebrannt. Kein Problem. Flugs etwas Spülmittel aufs Blech und Wasser hinzu. Ursprünglich wollte ich das Ganze ein paar Minuten lang einwirken lassen. Dann aber war mir das schmutzige Blech doch ein Dorn im Auge, lieber würde ich jetzt gleich mit dem Schrubben beginnen. Ich hob das mit Aufweichwasser randvoll gefüllte Backblech an, um es mit allergrößter Vorsicht (und allerkleinster Weitsicht!) über den Kuchenteller hinweg in die Spüle zu balancieren. Und dann ging alles ganz schnell. Eine Sturmflut erhob sich auf dem Blech, schwappte über die Deiche und ergoss sich tosend und schäumend über meinen Zuckerkuchen, meinen wunderbar gebräunten, appetitlich duftenden, nah am Optimalen. Die Brühe lief über den Kuchenteller, an den Küchenschränken herunter, wie Zuckerguss auf einer Hochzeitstorte, und tropfte klebrig auf den Fußboden. Fassungslos betrachtete ich das Malheur.

Aber noch bevor ich zu Schwamm und Tuch, zu Schrubber und Eimer griff, beschloss ich, meiner Freundin nix, aber auch gar nix von dieser Geschichte zu erzählen. Soll sie sich doch wundern, wenn ich beim nächsten Kochen die Finger vom Spüllappen lasse. Ich kann schweigen wie ein Nudelholz.

*